I0621674

L'isola dei cani
di Piero Buscemi

ZeroBook

Questo libro esce a cura della casa editrice
ZeroBook. Per info: zerobook@girodivite.it

**L'Isola dei Cania / Piero Buscemi. - Roma-
Catania : Zerobook, 2015. - ISBN 978-88-
6711-038-4**

L'isola dei cani

di

Piero Buscemi

ZeroBook 2015

Sommario

Prefazione...7
L'Isola dei cani...................................11
    1..13
    2..17
    3..26
    4..33
    5..42
    6..51
    7..61
    8..68
    9..74
    10..80
    11..83
    12..89
    13..96
Piccolo vocabolario Siciliano-Italiano
....99
Nota sull'Autore................................102
Questo libro......................................103

Prefazione

L'Isola dei Cani è uno scoglio semi affiorante visibile da terra, localizzato nel tratto di mare che bagna il lungomare di levante dell'isola di Ortigia a Siracusa.

Risente anch'essa dell'inevitabile influenza di mistero che avvolge qualsiasi cosa o persona legata al passato e al presente della tormentata storia della Sicilia.

L'origine del nome è molto dubbia, così come i motivi che l'hanno collegata, e talvolta l'hanno vista come protagonista, agli aneddoti tramandati nel corso dei secoli.

Tra i tanti, quelli più accettati e diffusi sono due. Il primo racconta l'abitudine meschina degli abitanti del posto che, nel passato, per disfarsi delle frequenti cucciolate dei cani, le buttavano senza pietà dalla terrazza panoramica del lungomare di Ortigia.

La breve distanza con l'Isola dei Cani

consentiva ai cuccioli di raggiungere lo scoglio e di sperare in una temporanea salvezza, vanificata dalla scarsa possibilità di trovare nutrimento.

Il secondo fa cenno ad un'ipotetica proprietà rivendicata dagli inglesi al tempo dell'Impero Britannico, come indennizzo per precedenti diatribe.

Si racconta che un personaggio di rilievo della città, il cui nome diventa pretenzioso conoscerlo, considerato che non si hanno notizie certe se il notabile sia effettivamente esistito, abbia offerto agli indesiderati ospiti la proprietà dell'Isola dei Cani.

Oggi, l'unica cosa certa è che lo scoglio esiste davvero, anzi più di una volta ha creato problemi alla navigazione, in modo particolare alle barche adibite alla pesca, a causa della sua scarsa visibilità, in assenza di segnali luminosi.

Ogni tanto, si sente dire (ma chissà se non sia qualche altro mito da collezionare insieme con gli altri del passato) che qualche pescatore-turista durante le uscite notturne, non conoscendo bene la zona, sia finito sullo scoglio, aggiungendo un altro po' di mistero attorno all'Isola dei Cani.

Ritengo opportuno rilevare, che qualsiasi originario del posto potrebbe smentire o modificare la versione dei due aneddoti descritti, o addirittura, raccontarne di nuovi.

Piero Buscemi

Siracusa, 16.01.2003

L'Isola dei cani

1

Mia madre stava seduta su una sedia.
Abbassava la testa e mi rispondeva con le
lacrime. Me n'andrò perché non c'è mai
dialogo tra madri e figli.

Leggevo dal silenzio le sue urla da parto, il
guinzaglio ombelicale che non spezzerà
mai, il sogno da scrivania ad impedirmi
altre fughe, la mia nausea a giocare con le
illusioni della gente, l'ozio sulle poltrone
girevoli d'ufficio.

O ad aspettare notifiche di sfratto.

Mio padre le ha raccolte per anni per
mostrarle alle associazioni dei diritti
calpestati da barattare con le tessere di
partito, da commentare nelle riviste

gratuite spedite a casa.

Sono rimasto ad aspettarlo seduto in automobile ed ho inseguito la pioggia che fuggiva sul parabrezza ed ho respinto annoiato le sue pretese di riconoscenza per gli anni consumati nel capannone di una fabbrica.

Sono rimasto ad ascoltarlo nella penombra di un distacco da rinviare a momenti di maggiore distrazione pronto a scivolare sulla finta pelle prima che avesse potuto alzare gli occhi ed accorgersi che non lo sapevo più zittire.

Sono rimasto ad armare la sua sofferenza avvolgendola con le notti degli ascolti clandestini e per tempo gli ho restituito incubi diversi facendo miei i muti assensi di mia madre.

Adesso, respingo ogni giudizio.

Sono il pezzo difettoso da riciclare nei
consumi di costume, lo scarto di
produzione che ha morso i suoi polmoni.
Sono la tomba del suo fallimento
educativo.

Ha sedato le rivolte dei ribelli che mi
hanno preceduto. Io non le ho nemmeno
combattute.

Ha occupato la fabbrica nascosto dagli
scoreggi del mattino, ha urlato i cori delle
ribellioni e vestito da sindacalista ha
piantato la bandiera dell'operaio nel cuore
dei sostenitori per convenzione.

Poi è tornato a casa per dirci che avremmo
traslocato.

Mia madre è rimasta seduta a macchiare il
pavimento. Ho raccolto la spreco di quel
dolore e ci ho immerso l'anima.

Ho aperto la porta e sono andato via.

2

Non mi faranno scendere da questo motore
che non risorge mai. Limerò i contatti con
la spazzola di ferro e ripartirò liberato dai
loro giudizi.

Devo procurarmi i sassi all'Isola dei Cani
prima che il mare se li porti via tutti.
Passare da Nico e sgasare fino a scuola.
Concetta sta quasi uscendo. Prima però mi
devo vendicare.

Basteranno due pietre ben lanciate.
L'ufficio del preside Minchiamorta è al
terzo piano. S'affaccerà urlando come una
donna prena: polizia polizia. Tieni
ricchione patentato te la do io la polizia.

Concetta sa dove aspettarmi. Lo fa da tre mesi. Prima ci vedevamo a scuola, anche la mattina. Poi il professore Annone mi disse che non avrei fatto mai niente di buono con un padre comunista. Non so neanche adesso cosa vuol dire comunista. Quel giorno non me lo chiesi neppure.

Il diario di Lupo Alberto era troppo vicino alla mia mano destra e volò, volò librando l'aria da disco volante e mi c'ero anche allenato le mattine d'appuntamento alla sala giochi perché nessuno s'era offerto volontario perché il professore avrebbe interrogato e ci avrebbe ballato sulla panza prima di alzare l'indice ed il medio della mano destra mentre con la sinistra scriveva il voto sul registro.

E volò veloce e ci restai pure male quando l'occhio di quel testa di minchia del professore fece da contraerea e ci restò male pure lui e si calmò solo quando Minchiamorta gli promise che avrebbero scritto "affittasi" sul mio banco.

Minchiamorta arrivò con la bidella bona
che ci faceva vedere sempre le cosce
durante la ricreazione seduta nel corridoio
a fare le parole crociate e ci veniva anche il
professore Annone a guardarle con la scusa
di fumare.

Ora ci vediamo solo all'uscita, Concetta ed
io. Dall'una all'una e un quarto. Poi arriva
la 127 verde di suo padre e se la porta via.
Lascio Nico a prendersi il primo sole
dell'inverno mentre si sconcica le altre
compagne e seguo la 127 verde fino al
cancello di casa. Schiaccio la frizione
quando il motore è ancora acceso e la
candela scoppietta eccitata dalla miscela.
La porta si chiude. Giro il motorino e sono
John Wayne quando accarezzo il marmo
d'ingresso e raccolgo il biglietto.

Ciao stupido a domani. A domani come
tutti i giorni, a domani. Come le bestemmie
di mio padre che mastichiamo lentamente
seduti alla tavola del silenzio perché

dobbiamo ringraziare il suo lavoro se abbiamo tutto questo perché i bambini del terzo mondo si mangerebbero solo le briciole che mi sfuggono di bocca e neanche il cane le guarda più.

A domani mi dice il poliziotto che tutte le sere arriva con le sirene bagnate e quando ce la finiamo di fare tutto sto casino che ci sono cose più importanti con tutti questi stronzi che vanno senza casco e invadono le strade e giocano a pallone a mezzanotte, questa fottutissima mezzanotte che dormono tutti perché domani bisogna alzarsi presto che si va a lavorare e poi dicono che c'è la disoccupazione.

E a turno qualcuno chiama ogni sera la polizia che non è mai arrivata così presto e gli agenti scendono e sfiorano le fondine e cosa dobbiamo fare, vediamo se porto qualcuno dentro, se fate ancora gli spiritosi.

E certe sere c'ero pure io a dribblare cacate

di cani e lattine lasciate ad arrugginire e m'interrompevano sempre proprio mentre avevo saltato l'ultimo avversario e la porta era sguarnita. Fingevano la retata e poi li accompagnavo a casa mia perché era da lì che arrivavano le urla e i santi lanciati in aria e le madonne cadute dalla cona e Cristo che scendeva e saliva dalla croce e una volta rimase seduto a terra ad aspettare che fosse tornato il silenzio.

E tu poliziotto con i baffi unti di realizzazione che minchia ne sapevi tu che ti aspettavo tutte le sere ed aspettavo che mi chiedessi la carta d'identità, così forse almeno tu potevi dirmi chi minchia ero e che minchia avrei dovuto aspettarmi ancora da questa merda di vita che evitavo di calpestare, ma tutto inutile perché la ritrovavo rientrando a casa, tutte le sere.

E ti maledicevo quando ti vestivi da padre di famiglia che anche i tuoi non erano meglio di me e mi lasciavi andare con la promessa che non ti avrei impennato più davanti quando eri di posto di blocco a sprecare ore che rubavi alla tua stanchezza.

Ti maledicevo perché quella minchia di divisa non l'hai mai indossata del tutto a fare il tuo dovere per il quale sei pagato e lo stato ti da pure la pensione se ti fai i cazzi tuoi per trentacinque anni.

E tu te li facevi e mi lasciavi andare mentre avresti dovuto prendermi per il collo e sbattermi sulla volante ed allargarmi le gambe e dirmi stronzo non ti muovere che t'infilo la pistola nel culo se provi a fare il furbo. E spingermi dentro l'auto pettinandomi i capelli.

Non l'hai mai fatto ed avrei voluto solo abbracciarti per una notte trascorsa su una panca dura dove appoggiare le mie paure ed addormentarmi con le orecchie finalmente chiuse.

Ti maledicevo e ti maledico ancora per le mie sbucciature che custodivi nel segreto,

per avermi perdonato come un figlio
dimenticando il tuo.

Ed io con Nico andavo a timbrare il
cartellino rosa ogni tre mesi e
disturbavamo l'impiegato del collocamento
che anche lui aveva diritto a mezz'ora di
commenti sulla campagna acquisti della
Juve e poi giù con le canne in mano verso
l'Isola dei Cani. E con una fingevamo di
pescare e l'altra ce la fumavamo.

Ma tu poliziotto padre amico confessore
maledetto, tu che minchia ne sapevi che
tuo figlio da tre mesi scavalcava la finestra
del bagno della scuola e mi raggiungeva di
sotto e perché non lo butti sto cazzo di
motorino che non parte mai e rideva con
gli occhi ancora minatizzi perché a
quell'ora Giusy entrava in bagno e
dimenticava di appoggiare il piede contro
la porta perché la serratura se l'erano già
fottuta una settimana dopo che Nico, per
babbiare, aveva aggiunto la scritta "puppi"
per non essere razzista.

E mi diceva mi fa sangue anche se la chiamano mandarino per i peli stempiati sulla bocca ma ha due minni che mi sembra la Ferilli.

Maledico il fuoco che mi risparmiava scottature morendo tra le dita ed invece avrei dovuto vederle annerite perché solo se ti scotti certe cose le capisci, ma capivo anche troppo per rinunciare a cinque minuti di fumo da dividere da nascondere dentro il palmo della mano mentre il pescatore si avvicinava e in questo mare non c'è più nenti, nenti perché se lo sono sucato tutto e non spegneva mai neanche lo spinello che schiacciavo prima di passarlo a Nico.

Questo mare da dissetare che s'incazzava solo ad ogni cambio di stagione e lo annusavamo in prima linea e ci giocavamo a chiappatedda con le sue onde grigie che ci sfioravano i talloni e poi un pomeriggio di bottiglie vuote da colpire, una donna tentò di farci l'amore con quell'ammasso di sale e schiuma e sputi contro vento.

E la tirammo a forza di sudore che si mischiava con le lacrime, con le sue e con le nostre e che cosa stai facendo madre disperata che pesi pure troppo per due stronzi fatti come noi.

Maledico il vento che mi restituisce i sogni e le cazzate raccolte nelle collanine alle caviglie ed il suo taglio fratello tra le vinedde che mi hanno protetto più dei tatuaggi contro il freddo.

Maledico me.

3

Mia madre restava zitta a mordermi la vita
a chiedermi un passo indietro in cambio di
pietà. Ed io la raccoglievo, la vita. Dal
fango senza aliti la modellavo con le mani
bagnate di sudore e la colpivo scalfendo
ipocrisia.

Un giorno l'hanno rinchiusa dentro un
collegio correttivo dove provare a darle
dignità e l'hanno riempita di minestra
riscaldata e compagni senza nome e ci
passavo le giornate con la fronte
appoggiata alla finestra e con la mano a
scambiarmi arrivederci ed occhi che non
rivedrò mai.

Mi riportavano a casa alla fine dell'estate e
c'erano i parenti riuniti intorno alla tavola

imbandita ad onorare il figliol prodigo. E si scambiavano dolori ed illusioni e figli ingrati e uomini da sopportare fino ai martiri e mettersi in grazia di Dio a far sorridere famiglie alla deriva e da mantenere a galla nelle pozzanghere, nelle parti recitate male e nei sorrisi unti di quieto vivere.

Ero l'esempio da non seguire, e mio figlio che a vent'anni ha già girato il mondo a piedi a nutrirsi di saggezza, e guardalo che non mi ha mai chiesto un soldo ed è tornato sempre a distribuire riconoscenza e tu, a quindici anni, pretendi un mondo che hai già sporcato di vergogna e umiliazione e imbarazzo e soggezione e pianti soffocati sul cuscino.

Rimanevo a guardare le foto seminate sopra i tavoli e le Tour Eiffel arrugginite e le ragazze negre alle fermate ed i sorrisi di sorpresa sulle magliette da conservare nel ricordo.

Rimanevo a guardare le foto sui giornali di questi eroi da imitare nelle retate e prelevati dalle soffitte in subaffitto. E spartiti musicali a staccarsi dai leggii e corse sui pentagrammi delle incompetenze dei vicini di casa che alle due di notte, con i coglioni rotti dalle improvvisazioni swing e bepop da fracassarti i timpani, componevano centotredici di ritrovata quiete.

E ricordo Torino.

Le case che ci custodirono dove aspettammo mio padre di ritorno dalla fabbrica, le sue nottate a ricamare pneumatici nei capannoni della Pirelli, le urla che risalivano dai pozzi delle scale di noie alcolizzate, ed un pittore. Fusari.

Ricordo le sue tracce colorate che ci mostrava invitandoci ad entrare e noi bambini dispettosi e cattivi e critici di vita diluita nei colori spenti, noi giurati improvvisati ascoltavamo solo puzza di

rassegnazione ed il risucchio da vecchio di
quella minestra riscaldata che mia madre
c'incaricava di portargli.

Ricordo la sua indignazione, risposta lieve
ed accennata, quando trovò il pacchetto
fuori della porta, e quando mai ho avuto
dei regali e chi ha pensato di fare questo il
19 marzo che da troppi anni non sento più
il mio nome e mi giro per strada quando
sento Fusari, che già mi basta per farmi
illudere che ci sono anch'io in mezzo a
tutta questa distrazione.

Ma sul pacchetto c'era proprio scritto
Fusari Giuseppe e non poteva esserci in
città un altro disgraziato con lo stesso
nome.

E lui l'aprì quel cazzo di pacchetto e se
l'avessi visto prima del rientro a casa,
l'avrei rubato come gli spiccioli sulla sedia
d'ingresso che nascondevo dentro i pugni
chiusi, mentre si succhiava la minestra e li
ritrovavo tutti i giorni raccolti nelle strade

dell'umiliazione con il culo a terra ad ingessare marciapiedi di volti santificati.

L'aprì e lo gettò a terra quel cazzo di pacchetto e lo sporcò di lacrime e strinse quel cazzo di foglietto d'arroganza e che c'è scritto, dimmelo che c'è scritto, ma non rispose e merda umana si mescolò alla muffa del muro e alla sua voglia di morire.

Ricordo i suoi occhi chiusi mentre i carabinieri cercavano di capire, ma che minchia c'era da capire in cinquant'anni che forse erano settanta, di pelle spaccata dal diluente e ritratti accatastati dentro il cesso e la sua mano morta a stringere per sempre un dolore in più.

L'aprirono quella mano arcobaleno e il biglietto volò a confondersi con l'indifferenza e che c'è scritto, dimmelo che c'è scritto carabiniere annoiato ed abituato a questa vita in più persa nella solitudine.

E non compresi quelle parole di disprezzo e l'ironia del "pittore di merda" ma lo capisti tu prima degli altri, povero pittore di merda che l'hai raccolta e ci hai dipinto la nostra vita lasciandoci il tuo capolavoro.

La capisti senza cercare di giustificarla e la prendesti da una notte di sufficienza e la stringesti tra follia e falsa libertà spremuta tra contrasti di cuori neri che provano ad indicarmi strade da seguire ed errori da non ripetere, ma tutte le loro parole sono errori ripetuti e la loro vita cuori neri da fare esplodere e sono stanco di guardarli giocare con i giudizi e le certezze ed io di certo non ho nemmeno un cazzo d'appuntamento dall'una all'una e un quarto, dietro una casa vecchia ed una vecchia donna alla finestra che ci osserva di nascosto ed una vecchia 127 verde che mi ruba la magia dei miei fottuti quindici anni.

Te ne sei andato mio vecchio pittore di

merda e mi hai lasciato nelle loro mani
sagge che mi accarezzano di risposte senza
domande.

Te ne sei andato senza concedermi un
minuto per decidere se restare ad
imbrattarmi di malinconia o venire con te.

4

Ed ho pianto anch'io qualche volta, in
silenzio nel buio della stanza, tra un sole
che ritorna e un velo di rabbia da domare.
E li ho guardati tutti, questi compagni di
scuola e di spogliate infanzie. E li ho
toccati tutti, in penne prese a prestito e mai
restituite e maglie stropicciate da scambi
d'opinione e fughe dentro il cesso e
minacce mantenute e voglia di mischiarmi
ai loro abbigliamenti.

E li ho indossati questi costumi d'apatia nei
camerini adescatori e li ho rubati con i
soldi delle tredicesime inventate e li ho
mostrati nelle pause della scuola ed ho
sfilato nelle arroganze alla moda, dove
appartenere per non restare soli.

E sono entrato nei sogni dei compagni e

nelle feste in maschera e negli attimi delle provocazioni da incidere sui muretti sgretolati e nelle sciarre all'uscita della scuola e le difese dei privilegi ereditati.

Nel buio di una stanza, tra il giorno che non filtra e un velo di rabbia da domare, li ho seguiti questi compagni di scuola e di vita, dentro precetti da annusare e li ho imitati questi compagni d'abitudini.

E li ho picchiati, questi compagni d'imprudenza nelle superbie dei muri conditi di salsedine e li ho difesi dal mondo che ci voleva adulti, frutti acerbi di genitori marci.

E li ho riconosciuti, nelle feste in maschera e nei costumi riciclati e li ho esaltati nelle risposte indisponenti e negli esili dei corridoi che i professori mi concedevano ogni giorno.

E li ho rimpianti.

E allora fughe, fughe, fughe dalle casse integrazioni, dalle lotte sindacali, dai comizi di mio padre e dalle sue morali, e dalle notti di straordinari e dalle nebbie di ritorni a casa e dagli operai difesi e dai consigli di fabbrica, e non dobbiamo arrenderci perché il sangue ha colorato le bandiere e chi colorerà le mie e chi mi difenderà dalle tentazioni delle nebbie della notte, dove sparire nelle intimidazioni e nelle bottiglie che bruciano i ricordi e le mazzette da ritirare in tempo.

E dammeli questi cazzo di soldi e chi ti te lo fa fare a cercarti una pallottola che faccia finire questo gioco di merda del dazio volontario e gli occhi di tua figlia che chiedono pietà. E che minchia di pietà vuoi pretendere se a me l'hanno negata nelle nebbie delle notti incazzate e dei tavoli rovesciati e delle teste chine sui piatti del perdono.

E lascialo stare, lascialo che è mio padre,

che il freddo se lo sta portando via e a me
solo l'infanzia.

E mi ricordo la tuta da lavoro dell'operaio
venuto ad ungerci la vita e le parole di una
sera di cena riscaldata, ma entra emissario
del dolore che resti sulla porta e
pronunciale scacciando i tuoi singhiozzi e
segnami il volto con il nero di fatica e non
provare a renderle gradevoli con la bugia
del ferito lieve.

Entra e travestiti da padre e accarezza il
mio silenzio e parlami di quell'uomo che
non conosco e del rispetto di figlio
maledetto che rinnega la tristezza per una
vendetta di coscienza.

E ricordo i miei occhi stropicciati dal
sonno delle sei, ed alzati e lavati e vestiti e
mangia e andiamo via per strade segnate
dai tacchi consumati, che oggi tuo padre
chiede aiuto anche se a noi non ci ha mai
sentito.

E li percorsi quei passi ghiacciati dai palazzi di periferia e quelle facce sconosciute e lo seguii il ticchettio rubato alla città che si uccide tutte le notti, nelle nebbie delle catene di montaggio e nel fumo denso del fuoco che redime e che si inghiottì i copertoni e il capannone. Ed i polmoni di mio padre.

E lui, eroe mancato di una famiglia che rinasce nell'angoscia, provò ad annegarlo quel fuoco che tradisce ed altri pazzi disgraziati provarono a salvarla quella minchia di fabbrica depositata sui calli delle mani.

E li percorsi quei passi di rancore scalciando pietre indifferenti contro alberi ancorati. Lentamente, fino ad un altro corridoio di rispetto e di tubi conficcati nelle braccia e di sangue smarrito negli sguardi e di sorrisi ansimati sulle dita. E voglia di andare via.

E lo guardai un solo istante, quel corpo addormentato e lo riconobbi dalle vene incise sulle mani e lo rinnegai in quell'occasione di contatto e di silenzio da trasmettere con l'ipocrisia.

Annusai il richiamo della sinusite di un'infanzia regalata alle zolfatare siciliane e lo sentii più mio, padre mio, vulnerabile e umano come non mai ed una mano tesa cercò la mia trovandola e la rinnegò, indignato e sconfitto. Ed ancora una volta, solo un uomo.

E si svegliò braccato dalla flebo e provò ad urlare la sua voglia di ricominciare e provò a convincere un camicie bianco che ci rassicurava. Ma chi vuoi convincere orgoglio bruciato da un incendio, chi vuoi convincere sconfitto di un ricordo, chi vuoi convincere se hai barattato la tua vita con il mio bisogno disperato di chiamarti padre.

Ti tolsero il fumo che proteggeva i tuoi monologhi e fui svegliato dai tuoi rantolii rassegnati, nelle notti della mia testa sotto

il cuscino a respingere imprecazioni
dialettali che erano tue ed erano mie. E Dio
fallo smettere, ti prego fallo smettere, e
prenditelo nelle notti dei pugni picchiati
contro il muro e dello scruscio dei passi
verso la cucina a riscaldare pentolini di
siringhe da iniettare e Aminomal ad
allargare i bronchi, che avrei voluto
chiudere per sempre fuori della mia vita.

Ti riportasti a casa il rancore e lo lasciasti
scorrere fuori del corpo oltraggiato e
ripudiato e lo trascinasti fuori da una casa
che tingevi di rabbia e incomprensione, da
spruzzare sui muri aridi di consolazione.

E lo mostrasti a tutti per strade di curiosità
e attese di nuove sirene da ingoiare, tra un
singhiozzo e l'altro e solo questo in tutta la
tua vita e nella nostra. E noi rinchiusi in
stanze da proteggere e porte da lasciare
infrangere.

Uscivo nelle notti dei richiami senza
risposte, gli ingressi solo vie di fuga e

marmitte perforate da far cantare nelle notti delle indifferenze e leccasaponi da mostrare ai volti irriconoscenti e origini malandrine confezionate dai folclori. E cos'altro fare se non dichiarare le mie guerre personali a venditori di morale.

Senza tregua, tra allarmi rossi che ammonivano i miei pensieri e le cose che preferivo non vedere, e la mia mente saccheggiata dalle ingenuità e depositata negli occhi delle vittime.

Mio padre a scardinare rapporti umani, aborti nelle presunzioni, e noi intimiditi dall'umiliazione e manovrati dalla sua saggezza e mendicanti di sapienza ereditata e vestiti nutriti rifugiati indifferenti e sofferenze di notti graffiate sui fazzoletti. E sorridi pa' e parla e inondami di accuse.

E sputami sentenze.

Fammi sentire le parole che conosco a

memoria, dammi ancora un motivo per rimanere ad ascoltarle e dimmi cosa avresti voluto che io fossi, se non solo tuo figlio.

Sono stato bambino anch'io, stretto tra le tue mani a cercarti tra la folla nascosto in un ripudio soffocato. E sono rimasto a difenderti dalle tue follie e a farti domande che cercano ancora le risposte.

E mi ricordo di passeggiate mute e la mia mano immersa nella tua e passi lenti e pensieri trattenuti e freddo raccolto sopra gli alberi.

E tu, cosa ricordi?

5

Tornasti a casa dal danno irreparabile, con i pacchetti delle sigarette calpestati dalla malattie e analisi del sangue e radiografie e ossigeno e visite mediche prenotate e istituti previdenziali. E la rassegnazione di un cuore costretto a scioperare.

E mentre rincorrevi un ruolo che ti sfuggiva ed inventavi ore di consolazione, mi chinavo a raccoglierti e quasi uomo, avvolgevo la tua durezza e la portavo via dalle mura di un abbraccio diventato troppo stretto.

Sono fuggito da un desiderio di scelta remissiva ad aspettare le regole del gioco da seguire e ad arginare un travaso d'esperienza, non più solo tua e non più

solo mia, con gli artigli sulle gole
ammutolite e le risate da condividere dietro
gli angoli, dove pisciavamo contando le
paghe sindacali trattate nelle sedute
straordinarie, che vivevo in contumacia
con Nico ed altre, altre ancora vendette
traversali.

Tornavo nelle mattinate dei cigolii delle
porte serrate alle obbedienze e mia madre
svuotava bicchieri d'acqua su cene condite
da telegiornali in sottofondo. E che ore
sono, pensavo fosse più tardi, più tardi di
qualsiasi tentativo di un docile saluto e di
una buona notte. Ed il disagio dei
commenti.

Mi distendevo vestito ad aspettare che la
luce, almeno lei, mi diventasse un poco
amica. E nella penombra di un giorno che
ritorna, inseguivo contorni familiari dove
rintanarmi, prima di una nuova notte di
lampioni specchiati nelle cromature dei
motori e di voci inumidite ad evadere
soprusi.

E tu cliente abituale di una pattuglia di finanza personale, che riscuoteva alla chiusura il suo compenso. Un dovere di omertà da condividere con picciotti raccolti nei cortili.

Tu artigiano commerciante benzinaio paninaro mendicante, tu creatore di arti sotterrate, tu stupido evasore di leggi fiscali dello stato, tu affidato protetto sfruttato intimorito abbandonato, tu solo ultimo furbo di una generazione rinnegata, ci aspettavi con la tua vita svuotata tra le mani a chiedere giustizia da barattare con decenni di vigliaccheria.

Improvvisati esattori della mafia, Nico ed io, quindicenni armati trascinati nel mondo degli adulti, contagiati corrotti contestati violentati scacciati ed imitati, noi usati ed incantati, varcavamo quella porta tutte le sere a depennare un padre nella lista delle incassi, arricchiti di umiltà sporcata di denaro.

Seguaci di una filosofia di vita che ci rincorre, imparammo il mestiere del bastardo in una notte di prediche da smaltire ed una canna consumata male. E una bottiglia di gienbì che bruciò allegrie dimenticate e Concetta che mi sorprese ad incidere il suo nome su una panchina, nella notte di una scusa per uscire.

E mi sorprese ad inghiottire un boccone di parole di saggezza, catturato dallo spiffero di una porta sbattuta a chiudere il discorso. E mi sorprese a specchiarmi in quel fondo di bottiglia, dove m'illusi di lasciarla fuori.

Mi passò davanti a sfiorare la mia apatia insolente. E la sua mano mi carezzò la spalla e poi scomparve nella notte delle delusioni c delle lacrime, che si unirono alle altre e alle mie e alle sue e a quelle di mia madre, che restò sveglia a ubriacarsi d'acqua.

Imparammo quel mestiere di bastardo nella notte delle sale da bigliardo, e ho bisogno di voi picciotti svegli e intelligenti e vi do duecento a testa, se mi fate un lavoretto. E voi sì che sapete come spenderli, voi che le femmine non vi mancano di certo.

E parlava quel vecchio quasi uomo e ci alitava il disprezzo per la vita e per gli uomini che sono tutti infami e mi vengono a trovare di nascosto, aspettando il loro turno. E gli faccio mangiare il fegato per alcune ore, quelle merde che mi fanno pure schifo. E mi baciano anche la mano, leccaculi senza dignità e mi portano pacchetti di riconoscenza e anni fa, le loro mogli troie.

E scomparve quell'uomo quasi vecchio e ci fermammo a contare il compenso dell'ingiuria e per la prima volta e per le altre ancora da venire. E da consumare nella fretta di una mano sulla spalla e di un quando ero giovane che ci infastidiva, ma ci manteneva vivi.

Ritornò quell'uomo vecchio quasi padre,
con la tanica di benzina. E ci mostrò altri
due pezzi da cinquanta da ritirare
l'indomani e lo versammo quel sangue
rosso di spavalderia e vaffanculo pure le
prediche di mio padre e le parole tossite
alle porte chiuse e le morali depositate nei
polmoni. E la mia voglia di non cercare più
risposte.

Ci aspettava il commerciante vittima e
carnefice e i suoi ragazzi erano già andati a
casa. I suoi ragazzi di assunzioni false,
allievi rispettosi di un maestro che
trasmette, e che vuoi insegnare maestro di
sconfitte che ti trascini trent'anni di teste
che si abbassano, che vuoi insegnare se
ricordi ancora il giorno che tuo padre, due
metri avanti, ti condusse dal primo
precettore.

E che vuoi insegnare, se senti ancora le sue
mani incise di lavoro nero, che ti
stracciarono la schiena e l'ultimo giorno da

bambino.

Che vuoi insegnare, se ti sei negato
maestro di morale alle lacrime e alle parole
soffocate, che vuoi insegnare se non ad
ubbidire tacere ringraziare e diventare
uomo per altri seguaci da educare.

Ci aspettavi e accantonasti la paura
vedendoci arrivare, esattori acerbi di un
nuovo compromesso, ma noi disfatti e
stanchi e noi vendicatori e stronzi, stronzi
più di te che hai nutrito ragazzini rubati
dalle infanzie ed hai rosicchiato ogni loro
dignità.

Noi redentori ribelli, noi esattori acerbi, noi
che scaricammo addosso a quell'uomo di
saggezza la rabbia di un'età che non
capisce. Noi interpretammo il mestiere di
bastardo come non avessimo fatto altro
nella nostra vita.

E ti piegasti ancora per un motivo nuovo,

che non fosse educazione rispetto
gratitudine e forse solo paura. E
cominciasti a piangere come non più da
anni dei tuoi piccoli passi dietro l'ombra di
tuo padre e delle mattine del lo fa per il tuo
bene.

E ti aggrappasti a quell'auto di risparmi e
sfruttamento e minacciasti come se ti fosse
concesso parlare imprecare e darci altre
lezioni.

E non sciogliesti, neanche un attimo,
l'orgoglio dell'uomo che ha diritto al suo
rispetto e sarebbe bastato che avessi
afferrato la mia mano e la pietà e avessi
taciuto per sempre quelle parole del dovuto
e quella minchia di storia della tua vita, dei
sacrifici fatti e le rinunce ed i discorsi muti
e tutte quelle minchiate sui rimpianti, che
più le ascoltavo e più mi accanivo su quel
volto trasformato, non solo dalle rughe.

E ti aggrappasti a quell'auto, il premio alla
tua vita, e la tua salvezza non più nelle tue

mani ma nelle mie di figlio maledetto di generazione ingrata e mi guardasti denudato dell'innocenza da bambino, a versare giudizi scoprendomi assassino. E il fuoco bruciò senza riguardo la pausa di un ricordo e la mia follia.

6

Mi sono risvegliato correndo in un delirio
ed ho vissuto la sua trasformazione in un
incubo infinito, nei mattini della cronaca
locale e nelle notizie che muoiono in un
giorno. E ho ridestato le mie allucinazioni
in cinque grammi d'alcol e nelle mani
putride, che inchiodavano il giornale.

Poi buio e labirinti sconosciuti e lacrime di
uomo e dolore abbracciato di un nuovo
figlio orfano ed il contatto umano in nuove
debolezze e amore andato in fiamme. Ed io
che non capivo.

Tre tocchi di campana e il sole sulle
bottiglie di plastica lasciate a concimare ed
ancora passi lenti incontro al mio destino.
La mano di Concetta a raccogliere
innocenza e l'infanzia un po' rubata e un

po' già calpestata e lo stesso panorama vissuto tempo prima.

E le ferie da operaio da consumare in fretta, di corsa in autostrada verso campeggi improvvisati tra ruderi abbandonati e convivenze confinate, tra polvere vento munnizza insolazione e scambi d'opinione e amici di un'estate e fughe cittadine. E tutti gli anni uguali.

E settimane di latitanza assecondata e l'umidità dei muri e le rincorse sulle scale, e poi su verso un angolo di soffitta dove poter tacere e non essere costretti ad ascoltare.

Dietro undici mesi di parti recitate male, Torino che asfissiava, le code ai supermercati, le urla nei cortili, il ghiaccio grattugiato, le macchie di sudore, i motori scarburati, le albe senza sole, il mese della tregua, le fabbriche chiuse, le code in autostrada, le urla in autostrada, le bestemmie in autostrada, i motori assetati e le lettere di licenziamento custodite nelle cassette della posta.

E la Liguria che non era Sicilia ma chi se ne accorgeva, tra una parola detta in più ed una in meno in serate di confidenze di un'estate da dimenticare. Seduti intorno a un espediente di vita che continua.

E dibattiti politici e lotte sindacali e posti di lavoro moribondi e mio padre sindacalista che parlava di diritti calpestati. E sfruttati conosciuti sul momento e delusioni da dividere e occasioni da ripetere ed io, a scegliere pietre piatte da far saltare in acqua.

Andavo in spiaggia di notte quando diventava mia e delle passeggiate a piedi nudi e dei cani disturbati e dei colpi sparati in cielo e delle sagome abbandonate e dello scruscio di voce. E dell'asma di mare.

E giocavo a fare Dio con la sabbia bagnata tra le mani. E la impastavo e la scartavo e la modellavo e ci soffiavo dentro e poi mi dava noia e la racchiudevo dentro bombe a tempo ed aspettavo fiducioso lo scorrere dei secondi.

La realtà non era molto diversa o forse era follia o forse un'altra fuga all'ombra di un confine, dove poter morire e rinascere e gioire e soffrire e stringere, stringere un giorno di un rapporto nuovo forte vero e addormentarmi senza dover pensare che Dio si fosse annoiato e forse anche incazzato, entrando in me per reagire giudicare condannare crocifiggere un istinto paternale. E consumare la vendetta del sacrificio vano.

Non ero io che deviavo il cammino verso un traguardo di giudizio, non ero io in ritardo da quegli ideali consumati letti e riciclati in nuovi ardori e nelle fantasie da mantenere vive e da rischiare per ritrovare me stesso nella assoluzione, che niente fosse diverso migliore o solo umano dei miei raggiri ricatti avvisi omicidi, seminati e raccolti puntualmente.

Negli stessi luoghi di chi mi aveva
preceduto, nei tentativi d'inventare nuovi
stili di vita, nelle persone che avrei dovuto
evitare e che mi appartenevano mi
circondavano mi applaudivano mi
assecondavano e che ripagavo nelle
buffonate di quartiere ad interpretare il
nuovo che si espone, che ribatte, che non
accetta di rimanere a guardare scoppiati di
cervello ringhiare ai semafori rossi.

Negli stessi occhi non sarei sprofondato a
costruire un futuro troppo lontano e a
rinunciare a un giorno di abbandono, di
birra svuotata nelle aiuole, di sgommate in
motorino, di automobili graffiate, di
lampioni scardinati, di vetri in mille pezzi e
zitta zitta, zitta vecchia e che minchia gridi
minacci e vuoi chiamare la polizia.

Chi se ne fotte, se sei malata debole e triste
e sola, che i tuoi figli li hai lasciati andare
via e che vuoi da me, adesso che sei
arrivata ad ottant'anni e aspetti ancora che

qualcuno ti ringrazi per le quattro del mattino, per i cessi puliti, per le mani sui capelli.

Che vuoi da me, se hai regalato la foto da ragazza alle notti d'amore nascoste nel silenzio e i sorrisi pretesi dai tuoi figli incompresi e la bocca salata dalla solitudine.

Che vuoi da me, se non so stringere la mano di Concetta che mi parla di mare e di stelle suicide e di altri bambini a scavare la sabbia e di me e lei e di una vita da dividere in questa notte di un uomo che ho lasciato solo ad angosciarsi. E che non riesco a rimpiangere.

Sono andato a dimenticarlo dentro il fumo della sala giochi e Concetta è rimasta a piangere ancora un po' seduta in un angolo buio della piazza ed ha scrostato le panchine incise di dolore. E di amore eterno.

Sono andato a salutare ragazzi settantenni
con le stecche in mano e la bottiglia di
birra appoggiata sul bordo del biliardo.
Erano lì ad aspettare il mio saluto e come
ogni sera, ad offrirmi da bere e a cedermi il
gioco e a farmi da padre.

Ed io li ho avvolti di sorrisi ammirati ed ho
accarezzato le leggende scavate sui loro
volti e sono stato allievo di vita nelle
mattinate di febbraio in attesa della rema
giusta per calare la rete.

Ed ho ascoltato avventure di mani spaccate
da reti bugiarde, da pietre battute a ritmare
la morte, da mare troppo grosso per
lasciarsi tentare, da barche rubate dalle
mareggiate, da reti tagliate da specie
protetta. Di vita salata.

E fette di mortadella nei pani caldi spaccati
con le mani e odore di sogni bolognesi
mischiati alla puzza del lavoro. E cani per
dividere le pause e gatti accovacciati sulle
prue ad aspettare raccolti con i palmi

indolenziti. E voglia di sprofondare a piedi nudi.

Mi ha raggiunto Nico a strapparmi dalle onde di umiltà, per condurmi in nuove prepotenze e sono stati attimi o solo confuso dalle sue parole e i lampioni spenti e la luce bassa del motorino ed io, che ho guidato con la birra nel corpo e quell'angelo di donna sessantenne che ha attraversato la strada ed io che non l'ho vista. E Nico che ha gridato.

E l'abbiamo trascinata abbracciata alla morte per almeno venti metri. E poi soltanto un tonfo di liberazione, di tutto finito e di paura e di voci turbate e di fuga e di lacrime sbattute dal vento sulla faccia di Nico.

Ho accelerato e che minchia fai rallenta ti vuoi ammazzare e non ho risposto e solo la strada davanti e ancora lacrime paura e il prato bagnato e generazione maledetta.

Il motorino ad ansimare i nostri anni e noi
vestiti per un solo attimo padroni di una
vita umana da regalare alle cronache di
piazza e assistenti sociali a spiegarci il
disagio, dimenticando il proprio.

Ho guardato la raffineria specchiata sulla
rugiada e ho ricordato la fuga notturna da
Torino, i saluti sui gradini del treno di una
sera qualunque e la gente che urlava
affacciata ai finestrini e mio padre seduto
sulla valigia e le sue uniche lacrime, che
guardavo da un angolo. E la mia voglia di
averlo più vicino.

Ed era la cosa giusta per tutti e avrei
dimenticato presto e gli amici e i ricordi e
sono solo un ragazzo, per poterlo accettare,
per sapere che è giusto, per non restare in
silenzio.

E gli adulti che non hanno tempo per
capire e se ne fottono dei sogni dei bambini
e li fanno e basta e poi tutto viene da sé.
Anche la paura.

Ho guardato la raffineria ed ho chiamato mio padre, ma la mia voce sciolta dalle ciminiere e lui non ha risposto.

Mi sono disteso su un fianco ed ho strappato un filo d'erba. L'ho masticato lentamente e poi mi sono addormentato.

7

Mi scoprì mio padre una sera da famiglia riunita e di decisioni sul futuro e di cena lasciata a raffreddarsi e di lezioni di vita e di ruoli da difendere. E ogni tanto da scambiarsi.

Entrò nella stanza con il sacchetto di plastica e l'erba impastata di rabbia e delusione ed anni buttati al vento e soldi sottratti alle beneficenze e fu mezz'ora di comizio, di cosa fosse giusto e di ingratitudine e di imposte chiuse e di noi complici e accusatori e di società scazzata e di sacrifici persi e di predica da tramandare.

E mi spinse pure due volte contro il muro, quando si accorse che con la mente ero già fuggito via. E se ne andò sbattendo la porta e mi lasciò seduto sul letto con la busta in mano.

Ed entrai in contatto con il suo mondo, che era il suo e oggi solo mio, ed aggrappato ad un bisbiglio di rispetto che mandavo in fumo, insieme all'esperienza e alle belle parole che mi consegnò quando, lui solo padre ed io solo figlio, accanto all'ipocrisia c'illudemmo di comprenderci.

Ed entrai nel suo mondo serrato alle emozioni, dove m'ero rifugiato nelle notti bagnate dall'insicurezza e dove lenzuola inzuppate dal mio piscio custodivano la vergogna e un attimo di intimità.

E mia madre appoggiata al muro mi regalò un'altra dose di disagio e la incartai con cura e me la strinsi al petto e la conservai nel tempo per paura di smarrirla, diventando adulto.

E Nico suonò due volte il clacson e percorsi il corridoio con gli occhi chiusi immaginando la sua pena e saltai al volo dietro e lui non chiese ed io non risposi, a quello oblio scontato dove preferimmo perderci, stanchi di farci prendere per il culo del fumo che cancellava i ricordi e ci invecchiava le cellule e ci rallentava le reazioni e che vuoi rallentare, se avrei fatto esplodere quel mondo di regole in catene e di gabbie mentali, del già detto del già fatto, e di noi speranza assassinata di un futuro migliore.

Voltammo l'angolo e la casa ci riconobbe e salimmo le scale senza respirare e la porta era aperta perché non c'era più niente da rubare. Sentii la voce di Lucia che giocava con il cane e fui tentato ad andarmene, ma Lucia spinse le ruote e ci venne a salutare.

Ed era femmina nel suo volto scavato e nelle mani cerate e l'avete il fumo che ho voglia di dimenticare, perché oggi ho pensato troppo a questa mia vita che potevo lasciarla seccare e rollarla giorno dopo giorno ed invece non saltai un minuto di quel feto d'ammoniaca, che tiravo col naso in quella merda di capannone, che mi dava lavoro e veleno quotidiano e l'avevo detto pure al sindacato che la fiamma della ciminiera era sempre troppo alta. Ed anche i francesi ci avevano preso per il culo con la storia della chimica ecologica.

Lucia indossava ancora la tuta e si puliva le mani su quella tuta fluorescente, che la fece sentire marziana e la fece contenta il giorno dell'assunzione. E l'avrebbe lavata ogni giorno per presentarsi al lavoro con dignità, se fosse guarita. Perché era sempre femmina, anche se faceva un lavoro da maschio.

Poi infilò la mano nella maglietta e le cartine le offro io questa volta e lo sapete che hanno detto in tivù che l'erba addormenta il cancro. E non fate quella faccia, che ho ancora tanti giorni da riempire con le stronzate.

E presi il sacchetto, che il pudore di mio

padre mi aveva lasciato, e glielo passai ed il sorriso triste dei suoi due bambini ancora una volta mi salutò dalla ruota lenticolare della carrozzina. Poi fu solo mandorla abbrustolita e piccole carezze di speranza.

E fu fottiti per sempre sposo di una promessa narcotizzata che fuggisti una notte come un ladro mentre dormivo abbracciata alla morfina e mi rubasti l'ultimo sapore della vita portandoti via i miei bambini e mi lasciasti quel foglio di carta stropicciata sotto la bottiglia dell'intruglio curativo, che mi facevo tutti i giorni per diluire l'agonia.

E scrivesti A DIO e pensai che solo a Lui avresti preferito consegnarmi e ti giudicai uomo solo per il gesto, anche quando capii che era ADDIO che avresti voluto scrivere mangiandoti una D, per la troppa fretta di sparire.

Fottiti. Come facesti con me tutte le notti d'amore clandestino e di sussulti per il respiro troppo silenzioso dei bambini che non sentivo e tu mi trattenevi per un secondo ancora di piacere che non sapevo darti con il pensiero che rimboccava il sonno di quei due esserini da quaranta centimetri scarsi di vita da custodire e di motivo vero per continuare la cura. E fingere di credere nei miracoli.

Fottiti. Come mi ha fottuto il destino regalandomi due figli in uno stesso giorno a raddoppiarmi i pianti le braccia la bocca i seni e le paure. Fottiti.

La guardai mentre sfuggiva la sua vita ripassandomi le nostalgie e Nico s'era addormentato come un indiano seduto sul balcone e con la testa di Smoke tra le gambe. Li lasciai così a confondere il sonno con la morte immaginandola arrivare e ad andarsene confusa, a mani vuote.

E li avrei ritrovati lì protetti dal giudizio della gente e li avrei fatti impazzire di gioia oltrepassando quella porta, con i due gemelli tra le braccia. Io, che temevo di essere costretto a spiegar cosa fosse il mondo, che mi era stato consegnato per renderlo migliore.

E quella sera andai dal fruttivendolo a lanciare cachi contro il muro e me ne fotto se ti ho detto ieri che ti avrei dato due giorni per procurarti i piccioli. E li voglio adesso che prima o poi una tua malanova può trovare il segno.

Perché ho bisogno di vivere, che aspettare un benefattore che mi regali un cancro. Od un nostalgico, una guerra giusta.

8

Tornai a casa e un'altra volta i carabinieri vennero a salutarmi. Mi accecai coi lampeggianti per entrare in una nuova storia e fu un tutto esaurito di gente sui balconi e mia madre su una sedia circondata dai conforti e mio padre a scatarrarsi un altro po' di cattiveria e la stessa storia, che era la mia vita. E fantasia, da far cullare dalla realtà.

E andai a bere vino e a bestemmiare carte su scalequaranta di compagni di solitudine e pensai ad attese di serate di Natale e di famiglie riunite e di rancori da annegare e di bicchieri da svuotare e di adulti già stati vecchi e di giochi di cortile e di pietre legni e ingenue fantasticherie da farci delle favole nei sogni già dimenticati. E di faide di sangue.

E pescai il jolly ad incastro da vestire per chiudere la partita e Nico mi osservò da un angolo nascosto, sbarbato quindicenne temuto e riverito seduto al tavolo degli adulti. Non parlai per essere già compreso e non udii per respingere i consigli. E non pensai, per non morire.

Nico figlio di sbirro collega di vita di mio padre, compagno di giochi nei pomeriggi di cortili scolpiti dalla pioggia, di fango sulle scarpe, di palloni di pezze arrotolate da far suonare sulle saracinesche chiuse e di pane condito da dividere. E di mani unte, da toccarci l'anima.

Nico veniva ogni pomeriggio accompagnato da suo padre ed era mio fratello fino a sera. Mi aspettava arrampicato alla ringhiera ed io lo raggiungevo con le raccomandazioni di mia madre da nascondere ed anche Nico aveva dei sogni, solo un po' diversi.

Ed ero qualcuno accanto a lui alle sue

debolezze alle sue sottomissioni al suo ascoltarmi e al suo silenzio. Ero suo padre.

Abituato alla solitudine, saltavo le pozzanghere nei pomeriggi di pioggia che non scampa inscenando la mia vita e annullavo la noia, la mia e la sua. Ed inventavo espedienti, per continuare a viverla.

Ed erano giochi di corse sui selciati ed occhi chiusi di discese sulle fasce e doppi passi travestiti da campioni e nomi di calciatori incisi sulle spalle. E solo voglia di correre ed urlare.

E ci esaltavamo calciando palloni di pezza sulle saracinesche ed alcune volte spalancate ed altre volte s'inghiottivano la gioia e il buio dei garage aperti.

E li cercavamo questi preziosi palloni di pezza, compagni dei pomeriggi delle parole da dimenticare e dei sogni ad occhi aperti e non li trovavamo. Ed allora, solo partite immaginate e movenze calcolate ed imprese di calcio raccontato e poi seduti ad inzupparsi di sudore e voglia di fermarsi nell'età che non capisce. E di bagliori rossi nei fondi dei garage.

E Nico fantasticava con le imprese di suo padre e le ascoltava distratto davanti alla tv e si sarebbe fatto arrestare per renderle più vere. Suo padre si priava quando lo chiamavano sbirro di quartiere e le sue parole addolcivano delusioni nauseate e gole prosciugate dai discorsi paternali.

E Nico mi diceva io non sarò mai come mio padre, con i suoi bottoni verderame e la cintura che trattiene gioventù appassita e l'affanno delle corse e spara spara spara, prima che uno stronzo come me, te la rubi quella minchia di divisa che si è aperta senza fare resistenza. Ed ho provato a restituirtela, la vita, ma il tuo cuore insanguinato m'è rimasto tra le mani.

E la indossò quella divisa che si chiuse, la baciò quella divisa macchiata di suo padre e ci lasciò anche le impronte sulla bara e mi morse la spalla con le lacrime ed io lo strinsi fino a fargli male e il suo dolore fu il mio ed il mio il suo, come sempre.

E la sera andammo da don Lio e che volete picciotti belli e mi dispiace per tuo padre, faceva un brutto mestiere, ma la famiglia è più importante e certe volte devi inginocchiarti ad allacciare le scarpe. Ma vi ho fatto un bel regalo, perché siete due picciotti giudiziosi.

E le prendemmo quelle pistole fredde e le stringemmo tra le mani ansiose e poi andammo sulla spiaggia a riscaldarle e bucammo lattine vuote, tutta la notte.

Poi fu solo spaccio e vendita di sogni ed ancora piccioli e prepotenze stropicciate nelle tasche e appuntamenti nella piazza alle undici di sera e ancora silenzi e liti con mio padre e sguardi inghiottiti di mia madre.

E fu fuoco che smaltiva sofferenze e ci
faceva un altro poco adulti e passeggiate al
cimitero alle tre di notte e le anime che
svegliavano i ricordi e terra. Terra
calpestata e offesa.

9

E tornai a scuola nella mattina che il mare si rubò le barche e l'andammo a guardare passeggiando sul muretto e mi voltai a cercare la 127 verde, che mi passò davanti senza salutarmi.

Minchiamorta mi fece aspettare un quarto d'ora in corridoio e lessi per tre volte l'orario degli appuntamenti prima di poter entrare. E dissi ciao alla bidella bona, che uscì senza rispondere.

Restai in piedi ad ascoltarlo per un altro quarto d'ora Minchiamorta provò a salvarmi l'anima ripulendosi la bocca e mi propose una vita nuova e ideali da difendere e le ragazzate le abbiamo fatte tutti perché picciotti lo siamo stati tutti, ma

poi si cresce e si capiscono gli errori e
apprezzi la scrivania e la foto del
presidente tra le due bandiere. E non
t'incazzi più, neanche quando, per gli altri
sei solo Minchiamorta.

Entrai in aula e il mio posto ancora sfitto e
le finestre ancora rotte e due babbonatale a
non far passare l'aria e il professore
Annone a leggere il giornale. Quanto ci
rimani questa volta comunista e che ci sei
tornato a fare, se sei nato tondo e non ti è
permesso morire quadrato.

E neanche quella volta capii cosa volesse.
Cercai Concetta nella luce del risparmio e
le passai accanto andandomi a sedere. E le
sfiorai la mano passandole il biglietto e si
voltò dall'altra parte ridendo con l'amica e
poi si alzò ad aprire la finestra e il mare si
rubò anche le parole ti amo e l'orecchino
dentro.

Rimasi solo seduto ad ascoltare il ticchettio
dei pollici che componevano i messaggi e

Concetta rise e accarezzò il suo cellulare, rise come non aveva fatto mai con me.

E te ne compro dieci con i soldi che mi danno e ti chiamerò con la canzone di Nek a regalarti un altro sogno. Un giorno avrò la Golf nera che ti piace tanto e ti verrò a prendere a casa per portarti a scuola e ti aspetterò all'uscita con lo stereo acceso e i finestrini aperti.

E saliremo su, fino a Taormina, a passeggiare tra negozi e foto giapponesi e andremo a vedere Carmen Consoli al Teatro Greco e canteremo abbracciati guardando l'Etna. E te lo giuro, lascerò a casa anche le canne.

Ma Concetta non si voltò neanche per odiarmi ed io guardai Annone addormentato dietro il giornale spalancato. Ed i miei compagni si scambiarono di posto e li sentii parlare di vacanze natalizie e pacchi dono.

E poi bussarono alla porta.

Minchiamorta entrò con due sbirri e voltai
lo sguardo verso la finestra, pronto a
saltare ancora per un motivo oscuro. Già in
piedi quando si portarono il professore
Annone, fermai il battito alla paura e gli
sguardi dei compagni, dritti su di me.

Uscimmo in corridoio e Minchiamorta ci
urlò contro e rientrammo in classe e ci
provò a spiegare e ci riempì la testa di
errori giudiziari e continuò a parlare di quel
maestro di vita, strappato al suo dovere. E
di giorni tristi, da scrostare ai calendari.

E ci parlò di soprusi e abusi di potere e di
ideali sotterrati in cassetti burocratici e
delle sue speranze, che noi generazione
nuova, custodivamo per esporre in nuove
ingenuità.

E cominciò a passeggiare tra le fila dei
banchi e ci guardò negli occhi a specchiare
la sua vita e la nostra, ancora da venire.

Sogni abbandonati nelle strade che avremmo dovuto raccogliere e rendere più veri. E Concetta respinse, un'altra volta, il mio sorriso.

Mi alzai e Minchiamorta alla finestra, fuggito pure lui, da una realtà diversa. Accennò un consenso con la mano, quando gli chiesi di uscire e raccolsi il giornale addormentato del professore Annone. E poi, mi dileguai anch'io.

Percorsi il corridoio stringendo quel giornale ed entrai in bagno a condividere cultura. A centro pagina trovai immagini sbiadite di corpicini nudi e di angeli immaturi di perversioni dotte e poi annotato con un lapis rosso, www punto bambine porche punto maniaco bastardo punto, in alto a destra. E la foto in primo piano di Concetta.

Rientrai in classe e il giornale già pallone e passai davanti a Minchiamorta senza guardarlo. Pensai a Fusari, mio povero pittore di merda e al suo capolavoro arrotolato nel giornale e poi glielo lanciai, mirando la sua faccia. Afferrai la mano di Concetta e me la portai via.

10

Andammo a sederci sulla spiaggia davanti all'Isola dei Cani ed i pensieri a sfiorarci nel pudore e tante cose nella testa e tanta voglia di non dire niente. Ripensai alle parole della gente e alle mie notti di lotte per cacciarle dal cervello.

E avrei voluto vederla correre sudare ridere e affogarmi con le sue lacrime ed avrei voluto aggrapparmi ad un altro sogno, che non fosse di erba e rabbia e umiliazione. E di vergogna.

E il sogno si sporcò nelle piccole immagini jpg e poi Concetta mi raccontò di makarene fino a sera e di studi televisivi e di provini di speranza. E ti devi mostrare se vuoi fare carriera, perché si spogliano tutte, perché hai un volto bellissimo ma non lo nota nessuno, se non mostri tutto il resto.

E mi raccontò di suo padre sulla 127 verde che l'accompagnava agli appuntamenti e la guardava, tra luci ed ombrellini e foto d'ammirare e figlia bedda che sei stata fortunata, che il Signore ti ha fatto questa grazia e sii gentile con questi signori, che ci riempiono di piccioli e non ti preoccupare, che pittata a questo modo, neanche la buonanima di tua madre ti riconoscerà.

E il cellulare che squillava sempre e le auto nere parcheggiate sotto casa e le sue amiche che le dicevano, sei bellissima. E le promesse di una casa nuova e le serate nelle piazze e i perizoma sul suo frutto acerbo usato sfruttato insozzato. E poi buttato via.

E cazzi sconosciuti tra le sue piccole mani e il mascara sciolto che scivolava sulle guance e il fruscio incessante delle

handycam di contrabbando ed i cataloghi
ed i filmini e quella puzza d'acqua di
colonia, che copriva il whisky il sigaro e lo
sperma rancido.

11

E Nico fu trovato disteso sul biliardo, nella notte dei conti che non tornano, ed il panno verde diventato rosso e la sua mano destra sulla palla numero otto. E nella sinistra, una canna ancora accesa.

E il motorino fu trovato fuori dalla sala e il motore ancora acceso e di nascosto gli staccai la foto di suo padre sul cruscotto ed entrai. Lo vidi addormentato e presi la sua mano destra e gli piegai le dita e gli lasciai soltanto il medio a fare il crigno. Imbucai la palla numero otto e poi la sirena della polizia.

Andai a nascondermi per tre giorni sull'Isola dei Cani e fu Torino e le sue strade misteriose e una città, che non fu più mia, e volti sconosciuti di gente da dimenticare ed ore solitarie ad inventare giochi e l'aria irrespirabile per i polmoni di mio padre e le passeggiate al Valentino a respirare meridione. E la mia mano, che non trovava più la sua.

E cercai le mie paure e le mie fughe e le notti dei miei pianti e dei miei perché. E il volto di mia madre.

E forse avrei dovuto rivivere ogni cosa e assistere in silenzio alle stesse scene ed avrei dovuto fare gli stessi errori e continuare a giocare in cortili poco illuminati. E forse avrei dovuto scaricare rabbia contro saracinesche chiuse, ma tutti gli altri erano già tornati a casa.

Tutto questo era stato mio, Nico, suo padre poliziotto, il mio che bestemmiava, le attese di mia madre, la foto dei bambini di Lucia. L'imbarazzo di Concetta.

Tutto soltanto mio e nessun pentimento e

strade lasciate ad arrostirsi ed i piedi nudi, che sarebbero dovuti affondare, e la risata di Nico che usciva dai suoi denti a finestra per un cazzotto preso da bambino. E la miscela che rubavamo dai motorini incustoditi e poi via su strade scorticate verso mari sempre meno azzurri. Ed ogni giorno, un po' di più offesi.

Forse dovevamo restare a Torino a nutrirci di nostalgia meridionale ed ascoltare incazzature imbastardite di mio padre. O fuggire nella confusione di lampeggianti che mi accecavano e salire di corsa scale di famiglie calabresi, che mi rifugiavano nelle notti della urla senza eco.

E ci andavo a lacrimare sulle pastasciutte abbondanti d'amicizia senza domande e salsicce al peperoncino che asciugavano le mie paure.

Forse dovevamo lasciarla bruciare quella minchia di fabbrica e restare a guardarla sparire, facendoci i cazzi nostri. Forse saremmo dovuti tornare a casa a sederci nell'attesa e poi sarebbe arrivato un postino, a suonare una volta sola, per regalarci una cassa integrazione dove riporre mani nero fumo unghia spezzate panini con la mortadella e vino sempre più annacquato.

Ed io l'avrei stretta quella mano gonfia di rassegnazione e l'avrei accarezzata quella mano ricamata dalle cicatrici e l'avrei baciata quella mano, mano di mio padre.

Forse avrei dovuto farmi catturare da un'incredibile monotonia che ci avvolgeva tutti e girare per il paese curando di più il mio aspetto. Magari spacchiarmi con la vita di tutti i giorni e avrei dovuto restare un po' di più tra le persone e percorrere strade strette d'afa estiva e guardarli silenziosi a farsi mangiare dalle mosche.

Avrei rinunciato volentieri ad anni di sole che ti ammorbidisce, per qualche notte in più di nebbia che ti acceca, pur di poter restare inchiodato ai miei giorni di bambino. Sarei andato a svegliarli tutti, gli adulti del sapere, premendo nella notte pulsanti di citofoni addormentati e trascinarmeli ad uno ad uno a guardare la grande pattumiera che ci hanno regalato nelle notti delle attese di befane.

E ci avremmo giocato con quelle montagne di umanità indifferente, io e Nico, e ci saremmo saltati su, tra bottiglie di plastica da riciclare coscienze e vetri rotti da lacerare, tempi andati e scoreggi di vacche da bucare ozono, benzine verdi a distribuire cancri puliti e barili di petrolio a mummificare trofei di caccia.

E poi avremmo aspettato che qualche mina intelligente avesse fatto un po' di pulizia. Ed avremmo letto giornali di carta riciclata, dove poterci mescolare ad invalidi bambini senza pensione.

Ma sono tornato ancora una volta nel mondo degli adulti e sono andato a casa di don Lio. Lui era lì, seduto su un'altra penombra di potere, ad indicarmi con la testa che Nico era stato un bravo ragazzo, ma solo poco furbo.

E glielo avevo detto che quello non era territorio nostro, ma lui era testa dura. E solo un ragazzo, aggiunsi io.

E don Lio era alla finestra a guardare il mondo attraverso le tendine e mi parlava di un altro lavoretto che avrei potuto fare da solo senza dividere con nessuno. Ed io gli sparai una sola volta e la scrivania divenne rossa, come il tappeto del biliardo.

12

Non voglio vivere all'ombra di nessun
falso profeta che mi accarezzi l'anima con
le sue parole d'esperienza e non resterò a
guardare giorni spuntati sul calendario fino
a quando qualcuno impietosito mi
riconoscerà il mio diritto d'espressione.

Voglio evitare di essere giudicato da chi
avrebbe dovuto liberarmi da contatti
devianti offrendomi un riposo dove
adagiare i miei pensieri.

Ho provato ad ascoltarli i loro consigli
sillabati ed ho provato a capirli i loro
messaggi educativi ed ho provato a
interpretare un ruolo, che fosse almeno un
po' peggiore, di quello consegnato dalle
generazioni precedenti, ma non ci sono
riuscito.

Ho osservato uomini radunati nelle piazze a sfiorarsi con le dita le rughe dei diritti alla parola. Li ho visti scalciare nuovi motivi per sentirsi vivi e cercare nuovi attimi di gloria per impigrire caratteri ribelli ed ho preferito compiangerli che condannarli, seduto insieme a loro ai tavoli del fumo scollando scomode carte da gioco dalle mani che non ho voluto stringere.

Sono stato figlio nelle notti del fare e del tacere e sono stato messo in disparte con la scusa dell'età immatura e ho ascoltato di nascosto appoggiato ai muri freddi. E sono stato escluso dalle decisioni familiari che mi hanno cambiato la vita, sono stato giudicato nelle notti dell'età dei commenti inutili e sono andato a rifugiarmi nelle sale d'attesa delle stazioni abbandonate.

E sono stato attento al suono della campanella che mi potesse dare un treno in fuga da altre stupide idolatrie ed ho passato le nottate in quelle statiche stazioni a riscaldarmi con il silenzio di Nico e il fumo viola che confondeva gli orizzonti.

E questi uomini soli, con la noia solcata
sulle facce, hanno provato a darmi un'altra
speranza di salvezza ed hanno provato a
convincermi che era giusto piangere di
gioia alla notizia di una nuova vita
concepita, che ereditasse l'incarico di
purificarlo questo mondo insudiciato.

E vederla crescere modellandola di sogni
da venire e costruirle intorno un mondo di
rapporti preconfezionati e lasciarla libera
dalle fantasie infantili. Ed armarla di
risposte certe.

E li ho visti questi uomini con le tute gialle
a raccogliere letame dalle spiagge e li ho
visti sprofondare nelle ipocrisie di contatti
umani insozzati di formalità ed è bastato
consegnarle un joystick e farla giocare
questa vita, nuova nella Guerra
all'Estinzione.

E confidare nella natura con le sue regole

della sopravvivenza ed accertarsi che fosse immune da difetti e degna di un mondo di perfetti.

E questa vita cresciuta troppo in fretta mi ha catturato nella notte degli inganni rubati ad una falsa ingenuità e mi ha cullato nelle dormite in capanne stagionali sull'Isola dei Cani, dove ho creduto di alienarmi in un'alba di rinvio. Dove sarei rimasto a scagliare pietre, protetto da un'età che non disturba.

Ho avuto i miei insegnanti di vita consumata nei giorni del perché si deve fare e li ho scoperti ad incespicare su dottrine di morale e date storiche da ricordare. E falsi eroi, descritti come uomini.

E mi distraevo al tuono delle mareggiate che macchiavano i vetri delle aule che ho preferito infrangere con la rabbia. Ed il rombo delle onde di un mare più sincero che ritmava i miei salti di finestra e quelli di Nico, folle e dolce compagno di stupidi giochi di vita, nelle ore dei mancati rientri dalla ricreazione. E nei posti lasciati vuoti e nelle sviste rassegnate di chi aveva già rinunciato a darci un'altra possibilità.

E ce la siamo presa con malandrineria, questa possibilità d'invadenza non richiesta, nelle scelte senza ritorno e nelle parole non dovute e dalle mani di chi ci ha insegnato, come abbracciarci nella timidezza di un messaggio sms.

E sono andato a raccogliere sensazioni di un vivere quotidiano che era già obbedienza ed adeguamento nei giornali sfogliati a gratis. Ed ho raccolto immagini in bianco e nero delle prime pagine, che professori troppo distratti, non mi hanno mai descritto ed ho respinto prediche educative e adulti rammaricati per un mondo che ha rinnegato ideali antichi ed il rispetto per generazioni già in declino.

E li ho trovati questi ideali del passato

nelle discariche abusive ed ho rispettato i
loro bambini indiani che giocando, ne sono
diventati i re.

Mio padre mi diceva di guardare
programmi culturali ed io l'ho fatto su
seggiolini improvvisati, imboccato da mia
madre ed una luce bluastra che si rifletteva
sul cucchiaio.

E mi passavano davanti sullo schermo quei
mezzi personaggi e sono cresciuto con le
loro urla e poi le ho messe insieme agli
ideali di mio padre e alle promesse da
mantenere alla fine di ogni lotta. Ed ho
delegato ad altri il compito di capire.

Capire perché questi mezzi personaggi
affacciati nelle nostre case continuano a
parlare di terza guerra mondiale se la
seconda non è mai finita, capire perché si
può aspettare un assassino in una culla
incustodita, capire perché una bambina ha
paura della parola amore e delle carezze di
suo padre.

Capire perché a quindici anni, non si ha più voglia di capire.

13

Mia madre stava seduta su una sedia.
Abbassava la testa e mi rispondeva con le
lacrime. Me ne sono andato perché non c'è
mai dialogo tra madri e figli.

Ho lasciato la porta aperta uscendo di casa
e il motorino si è acceso al primo colpo e il
ricordo della risata di Nico appoggiata
sulla schiena e sono passato sotto casa di
Concetta. E la 127 verde, per sempre
vuota.

Andrò ancora una volta a rifugiarmi
all'Isola dei Cani dove ho seppellito le
paure di Concetta senza averci fatto mai
l'amore. E i miei giorni di bambino.

Scenderà la notte ed il mare mi regalerà la luna e la guarderò passeggiare in cielo e proverò a cancellare quell'orma d'uomo, che l'ha sporcata tanti anni fa.

Vi aspetto con le vostre mani unte d'umanità. Voi potenti, sanguinari esaltati.

Voi ipocriti, sporchi distruttori.

Voi assassini, pedofili stupratori.

Voi carnefici, arroganti calunniatori.

Voi censori, immorali maledetti.

Voi, soltanto uomini.

Vi aspetto tutti sull'Isola dei Cani.

S'alzerà la marea.

E poi sarà leggenda.

(FINE)

Piccolo vocabolario
Siciliano-Italiano

Ho inserito questo breve glossario per consentire al lettore una migliore interpretazione del testo. L'ordine delle parole segue quello del loro utilizzo proseguendo nella lettura delle pagine del libro.

Prena: *gravida*

Panza: *pancia*

Minchiamorta: *indica una persona con atteggiamento passivo*

Sconcica: *sconcicare o scuncicare (disturbare)*

Cona: *nicchia*

Minatizzi: *eccitati*

Babbiare: *scherzare, prendere in giro*

Puppi: *omosessuali*

Minni: *tette*

Sucato: *dal verbo sucare (succhiato, consumato)*

Chiappatedda: *giocare a nascondino*

Vinedde: *stradine*

Sciarre: *liti*

Leccasapone: *coltello a serramanico*

Munnizza: *spazzatura*

Scruscio: *strofinamento*

Piccioli: *soldi*

Scampa: *da scampare (spiovere)*

Priava: *da priarsi (gioire)*

Bedda: *bella*

Pittata: *truccata*

Crigno: *è l'alzata del dito medio per mandare "a quel paese" qualcuno*

Spacchiarmi: *vantarmi*

Malandrineria: *prepotenza*

Nota sull'Autore

Piero Buscemi è nato a Torino nel 1965. Redattore del periodico online www.girodivite.it, ha pubblicato : "Passato, presente e futuro" (1998), "Ossidiana" (2001), "Apologia di pensiero" (2001), "Querelle" (2004), "L'isola dei cani" (2008), "Cucunci" (2011), "Ossidiana" (ed. 2013). Vincitore di diversi premi letterari, alcuni suoi racconti e poesie sono contenuti in alcune antologie nazionali. Il romanzo "Querelle" è stato tradotto in inglese e pubblicato dalla Pulpbits Press (Stati Uniti). E' tra i fondatori dell'Associazione culturale "Aromi Letterari" di Messina. Sostenitore Emergency, collabora con l'Avis (donatori sangue) ed è promotore delle iniziative di ActionAid Italia.

Questo libro

L'*Isola dei cani* di Piero Buscemi unisce la potenza poetica della *rêverie* a un linguaggio che richiama Bukowski e i grandi autori della *beat generation*. Un romanzo che scardina dall'interno la lingua italiana attraverso un uso non folkloristico del siciliano. Il romanzo sul tradimento dei padri e sulla ribellione dei figli. Il romanzo della nostra generazione.

"Andrò ancora una volta a rifugiarmi all'Isola dei Cani dove ho seppellito le paure di Concetta senza averci fatto mai l'amore. E i miei giorni di bambino.

Scenderà la notte ed il mare mi regalerà la luna e la guarderò passeggiare in cielo e proverò a cancellare quell'orma d'uomo, che l'ha sporcata tanti anni fa."

www.ingramcontent.com/pod-product-compliance
Lightning Source LLC
Chambersburg PA
CBHW072231190626
46809CB00017B/1815